필로스

필로스

발행일   2024년 2월 5일

지은이   이준정
펴낸이   손형국
펴낸곳   (주)북랩
편집인   선일영   편집   김은수, 배진용, 김부경, 김다빈
디자인   이현수, 김민하, 임진형, 안유경   제작   박기성, 구성우, 이창영, 배상진
마케팅   김회란, 박진관
출판등록 2004. 12. 1(제2012-000051호)
주소   서울특별시 금천구 가산디지털 1로 168, 우림라이온스밸리 B동 B113~114호, C동 B101호
홈페이지   www.book.co.kr
전화번호   (02)2026-5777   팩스   (02)3159-9637

ISBN   979-11-93716-60-1 03810 (종이책)   979-11-93716-61-8 05810 (전자책)

(주)북랩 성공출판의 파트너

북랩 홈페이지와 패밀리 사이트에서 다양한 출판 솔루션을 만나 보세요!

홈페이지 book.co.kr   •   **블로그** blog.naver.com/essaybook   •   **출판문의** book@book.co.kr

---

작가 연락처 문의 ▶ ask.book.co.kr

작가 연락처는 개인정보이므로 북랩에서 알려드릴 수 없습니다.

필로스

이준정 글·그림

글로벌 지구촌 시대에 세계 여러 나라의 민족과
공동체에 바치는 사랑의 헌시獻詩

북랩

작가의 말

필로스란 친구 간의 사랑을 의미한다. 즉, 우리말로는 우정 정도일 것이다. 하지만 그 깊이는 조금 다르다.

이 시집은 가까운 사람부터 먼 사람들, 나를 알지 못하는 사람들까지 내가 아는 모든 사람의 이야기를 담았다. 예로 정치가, 파일럿, 무술사범, 경찰, 유명인들에 대한 시들도 나온다.

더불어 이 시집에는 내가 글로벌 시대 세계의 나라와 민족에 대해 느꼈던 것들도 담게 되었다.

결국 제목은 필로스이지만 이 시집은 공동체와 조직체에 대한 사랑을 노래한 것이라 할 수 있겠다.

인간은 사회적 동물이라는 말이 이런 뜻이리라.

2024년 1월 13일
부산 썬의원에서
이준정

차례

✖

✖

✖

1부 ⋯ 직업에 대한 묵상

3부 … 기억할 이들

친구에게

내가 그대를 백합이라고 부름은
그대 모습이 마치
광야에 핀 한 떨기 꽃 같기 때문일세

내가 그대를 눈물에 얼룩진 바다라고 부름은
그대 눈동자가 항상
으슥함을 좋아하기 때문일세

내가 그대를 친구라고 부름은
그대 마음이 내겐
여린 갈대 같기 때문일세

1부

직업에 대한
묵상

강철

모든 것이 어둠 속에 끓는
강철의 호수

어두움 속의 사람 마음

함께 그곳에 녹을 수 없기에
알 수도 없지만 나를 던지노라

(경찰을 묵상)

거룩한 분노

나의 가슴 어두움으로 가득 차고
가슴 위에 열기가 맺힐 때
나의 자존심은 밟혔다

나의 슬픔과 고독
괴로움과 분노

고요한 바람, 위에 머물고
조용한 마음, 밝아오네

끝없는 파도는 열기를 부르고
머리 위에 천군이 나를 보네

(무도인)

실존자의 그림자

군인과 야인

군인, 그리고 야인
그들은 극단적인 짓을 골라 하며
국가를 만들고 문화를 만든다

인간들은 군인과 야인 덕에
정신적으로 또 육체적으로 먹고산다

군인이 아버지일 때 야인은 짓밟히는 어머니
야인이 아버지일 때 군인은 멸시받는 어머니

군인은 살해당하고
야인은 자살로 마무리하다

군인과 야인은
인생의 아버지들

그와 그

따뜻한 가슴의 사나이

외로웠을 때도
높아졌을 때도
그의 가슴은 따뜻하였다
그 가슴으로
리더에 올랐었다

가슴이 넓은 사나이

늦게 되어도
자식이 없어도
그의 가슴은 만장같이 넓었다.
그 가슴으로
리더의 자리에 오르다

(2022/5/10 대통령 취임식을 보고)

대천사의 아들

땅의 아들은 치명적이면서도 고요한
나의 病(병)

그는 불의 전차를 타고
주석을 입에 멘 나의 病(병)

낫기를 바라나 나와 함께할
나의 숙명인 나의 병, 나의 아들아

(세상의 주권자들(정치가)에 대한 대천사의 입장)

독수리의 거리

새들의 길에
유일한 인간들의 산책

우리는 하늘에 핀다
좌표점은 푸른 곳을 가리킨다

가장 아름다운 것은 하늘의 고요함

정치가도 응원단도 없는 거리에는 축제가 없다

(파일럿의 세계를 묘사)

진진

전진2

마초와 킹

우리는 같은 것을 보았나 보다
너는 눈이 멀었고 나는 머리에 부상을 입었다

전쟁터와 사냥터를 누벼온 우리는 먼 세월을 지내왔다
이제 와서야 다시 너를 보는 듯하다

조각 같은 몸매여야 할 너와
항상 고요 속에 숨만 쉬어야 할 내가
배가 나오고, 분을 삭이지 못한다

(헬스장 관장님을 보며 생각한 것)

바람 소리

이전에 있지 않았던
무거운 음색의 가벼운 노래

그리고 할 말은 여전히 많다
인간, 변화, 사회, 아픔

노래한다 허공에
울린다 가슴에
떨어진다 눈물
꽃핀다 웃음

사람이 아름답고
광야로 말 달린다

헤일 수 없이 수많은 날들 동안

필로스

모든 것들을 사랑하여 왔다

만남, 끝없는 말들
그리고 또 이별노래

노래한다 가슴에
떨어진다 환희의 눈물

사랑스럽다 사람이
슬프지 않다 인생이

법정의 망치

오늘 그대의 순종이 내려
구원을 행하는 망치 얻었네

어쩌자고
애정과 배려뿐일 세상에
이다지도 괴로움이 많던가

오늘 그대의 은총이 내려
구원을 행하는 망치 얻었네

검사를 위하어

변호사를 위하어

필로스

법관의 마음

탱크맨(민주화 운동)

Silent bridle

Not to go out from this fence.

Small isocoric pupils to a croscopic point.

There is a screaming shout

not to go out from throat.

There are seeds blown off on a mammoth

There are interlinked dishes on a fish.

There must not be lamentation to the anxiety.

Ah,

This is the laughable lesson.

(화이트 칼라의 세계 : isocoric = (의학용어) (두 동공의) 크기가 같은,
crosopic = 십자형의, 교차형의)

붉은 불꽃

푸른 불꽃

노랑 불꽃

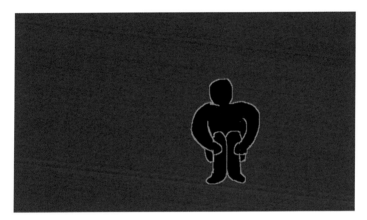

흑색 인간

삶

가자 갈대밭으로 가자
들녘으로 산으로 강으로 바다로

쟁기, 트럭, 곡괭이, 그물을 가지고
가자 갈대밭이나 가자

가서
내게 맡겨진 일을 하자

필로스

수능의 계절

겨울의 문턱,
감기와 함께 온땅을 배회하는 긴장감

이 추위 속에서도
아이들의 환호성은 끊이지 않는다

1994년 겨울, 두 번째 수능
오늘도 강추위는 계속될 전망이다

어느 누군가에게 봄을 기다리는 계절이지만
다른 누군가에게 봄은 멀겠지

(초기수능은 한겨울에 치러짐)

사회복지사

아이들의 아버지

교육자도 아니다
체육인으로서 인정도 없다

허나 나의 길은
그 중앙으로 가는 길

아이들의 아이로
그들의 아버지로 산다는 것은
축복의 길

비록 필드도 링도 아니지만
나는 나의 싸움을 하고 있다

(체육관 관장님께)

야광화(夜光花)

지가 뭐 밤에 피는 꽃인지 알아?

빛나는 한줄기 음성
어둔 하늘에 빛나는 나비

춤추고 웃고 노래한다
걱정 모르는 한 마리 야광화

(여자 가수에게)

어느 병사의 죽음

하늘과 바다가 맞닿은 곳
그곳에서 최후를 맞다

이끄는 정치가도
응원하는 이들도 없이...

나는 반드시 죽는다
그러나 반드시 산다

그대들의 이름으로...

(서해교전을 생각하고 지은 시 - 윤영하 소령, 한상국 상사,
조천형 중사, 황도현 중사, 서후원 중사, 박동혁 병장)

훈련병을 위하어

일등병을 위하어

병장을 위하어

올림픽을 보는 우리의 자세

챔피언만 보려 한 것이 아니다

그들의 땀과 노력, 비기를 보고자 한다

깎을 대로 깎아놓은 기술과 비틀어져 버릴 정도의 연마를 보고 싶었다

땀과 눈물, 우리는 그것이 흐르는 것을 보고 싶었다

요리사

제일 중요한 것으로 하는 예술이다
불, 칼, 끓는 기름

친구를 만날 것이다
그가 입맛을 잃은 것은 지쳤기 때문이다

시간에 늦게 오진 마시길
남들이 남긴 것들만을 먹게 되리라

인간 무기

군대에서 나를 총이라고 부른다

충성, 인내, 강건
뇌파가 춤을 추고 심파가 고동친다

하지만,
먼 산으로 가는 기차의 고적소리가 들리고
실상 나는 감정에 떠밀리는 조각배

슬픔, 서러움, 고독
머리 속에선 해마가 불을 뿜는다

하지만
나는 강건한 무기
적들이 오면 무찔러야 하리라

(군인에 대한 묵상)

인생의 여름

인생의 봄은 봄을 모른다고 했던가

봄은 계절이나 모르지
여름은 당최 아무것도 모른다

인생의 여름은
밤이고 낮이고
지가 밝게 타오르고 있으니까

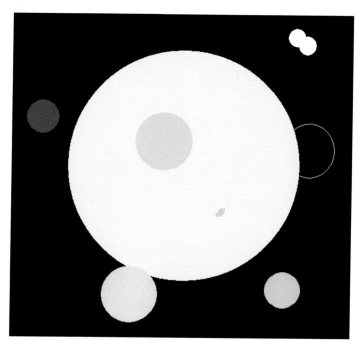

행성들의 만남

치우쳐진 정부

믿지 못하겠다

인정 못하겠다

따르고 싶지 않다

나아가 반대한다

덧붙여 규탄한다

카리즈마타(Charismata)

Ferma를 꺼내어 지각을 심어라

그곳에서 자라는 수많은 가지들이
오히려 너를 견고케 하리니

수많은 자각 속에 홀로 깨어
수십계의 혼들을 불러낼 것이다

해의 길을 닮은 아버지
우리는 그것을 죽이지 않으리

달의 눈을 닮은 어머니
그 속에서 나오는 슬픔과 기쁨을
함께 나누리

우리 안에 견고케 하여
긴 노래를 불러보세

(배우에게 바침)

트랜스포터(Transporter)

오래전 나의 이름은
고대 문명의 이름

지금 나의 이름은
총알도 뚫지 못할 벌거벗음

무거운 것을 드는 자
그것이 나의 이름

택시로, 봉고로, 트럭으로

내게 올 이름, 그것은
닫힌 세상을 살아나게 할
세상의 운반자

푸른 거인

근근한 생명
가슴의 오롯한 빛

이 한 목숨 어디에 감추겠는가

썩어가는 열기 남은 그릇

깜빡거리는 죽음을 등지고
나 여기 앉아 있노라

빚어지지 못했던
초라한 나무 그릇

나의 이름은 비천

형광등과 같은

나의 푸른 십자가

(블루칼라에게 바치는 시)

프리마돈나

노래 부른다

아무도 따라올 수 없는 제스처
기계처럼 울려 나오는 천상의 소리

외로움 속에 피어나는
하이톤의 페이소스

칼 같은 절제력의 그녀는
욕먹는 무대의 주인

나팔소리(순수예술)

하늘 같은 영혼이여

내게는 하늘 같은 영혼이여
이 목숨 살리기 위해 죽어간 호국의 혼들이여

빗속을 꿰뚫고 내 가슴에 파고드는 비수여

피 묻은 채로 잠들었던
구름처럼 많은 이 땅의 혼들이여

진흙탕 속에 굴러도 물들지 않는
하얀 사나이의 가슴이여

(호국 영령들에게 바칩니다)

혼란

내가 니아이다
아니다
니가 내아이다

아니다 아니다
그것도 아니다
내가 네 아이고
네 아이가 바로 너다

아니다 아니다 그것도 아니다
네가 내 아이고
내가 네 아이다

2부

세계여행을 하다

가깝고도 먼 나라

막막하다
어쩌다 이놈의 나라와 이런 관계가 됐는지

지들 뼈아픈 역사는 감추고 숨기는
망각의 민족

야스쿠니는 현충원이라 쳐도
그들은 독도를 달라 한다

우리를 부르는 미래에 함께 가야 할

그러나 너무 멀리 있는 나라

종족의 대형

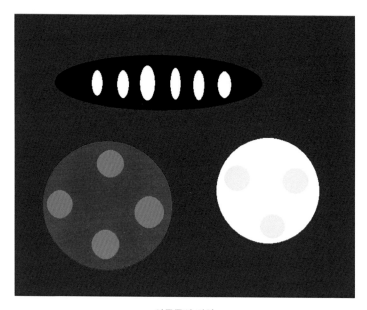

아들들의 진영

긴장

버려진 이 땅!

신자유주의와 파시즘적 공산주의의
마지막 운명의 대결지

이 씨름 속에서

우리가 샅바를 놓는 순간
전쟁의 포화에 휩싸일 수도 있다

치열한 이 땅
이곳에 태어난 것이 운명의 사치

21세기 휴전 중인
아직도 차가운 격전지

재회

나폴리

쓸쓸한 항구

로마의 영광이 지나간 곳

경계의 눈빛과
앞으로 돌려멘 가방의 여행지

아,
이 치안이 불안한 도시에서
오늘도 마도로스는 쉼을 얻는다

러시아

백성들이 국가를 위해
즐거이 죽어주는 나라가 있다

1차 대전을 끝내고
2차 대전을 끝내고

차르의 독재에서 민중의 실험을 시행한
위대하고도 오랜 슬라브의 나라

아 노스탤지어의 깃발이여
러시아의 깃발이여
그의 아들들이여
무명용사여

뤄양

오래된 고도, 더운 날씨
찜통 같은 소형버스 안

맛있는 만두와 젊은 중국인들
사람 만나는 것이 나의 기쁨이었지

프랑스 커플은 서먹서먹했고
소림사의 소년은 키가 작았지

샹차이는 때론 콜록이게 했지만
음식들은 맛있기만 했지

티무동 티무동
뿌쯔동 뿌쯔동
우리는 아무것도 모르는 중국 여행자

티무동

몇 가지 다른 피안(彼岸)

황금성

마호멧의 9천

다시 오는 에덴

함께하는 식탁

존 번연의 천로역정

지구 외, 또 다른 천체

서로 안 싸우는 짐승들

사람들이 착한 곳, 정토

지옥 옆의 서로 먹여주는 마을

많은 여자들이 자기를 보호하는 할렘

모두 자신들의 이야기이다

발트해에서

어제 큰 배를 탔다
카루소를 들었다
해가 지고 있었고 백인 부부가 장난을 치고 있었다

큰 바에서 미국팝이 생음악으로 흘러나왔다
5층 즈음에선 두 노란 머리 소녀가 즐겁게 소리를 지르고 있었다
11시가 넘어갈 즈음, 해가 졌다

오슬로에서 코펜하겐까지 내륙은 보이지 않았고....
"바이킹이 이런 바다를 건넜겠구나"

내 또 다른 심장 같은 여자 생각이 났다
두 백인 부부의 장난질이 사랑스러웠다
그녀도 그럴 거라는 생각에....

빈사의 사자

루체른에서 루이 16세를 지키다 죽은
스위스 용병들이 있다

스위스는 창을 여럿 든 기사
고슴도치 같지만 가장 순결한 영혼

희비와 명암이 교차하는 스위스
그곳은 용병들의 땅, 하이디의 집

인드라의 골짜기
그곳으로 인도되다

상무(尙武)

오래된 고구려의 기상

그들의 프라이드면서

그들 자신을 잡는 덫

하지만 미완성된 핵폭탄의 대가는

인민들의 굶주림이라네

오늘도 망가진 나라에서는

미사일을 쏘아 올린다

샹그릴라

이곳은 금융의 나라
돈의 거리

갑작스런 홍콩의 몰락으로
8만 불의 시대를 맞는 천국의 도시

중국인, 인도인,
그리고 한국인과 일본인까지....

이 남방의 도시에서는
촌스러움을 찾을 수 없다

동아시아, 황인종 중 가장 잘 사는 사람들
샹그릴라, 거기 가다

(싱가포르에서)

세월호

못다 핀 꽃들이 꺾여 갔다
들판을 채울 만한 숫자였다

기다리겠다고
멀리서 바라만 봐도 좋겠다던
여고생의 편지가 나를 울린다

의연하게 죽음을 맞이했던
아이들의 모습이 내 가슴을 두드린다

피지 못한 꽃이 꺾이듯이
그렇게 그렇게 죽어갔다

어른들의 잘못이었다

스리랑카의 친구

스리랑카가 디폴트를 선언할 때
목욕탕 나라시, 나의 스리랑카 친구 수잔은
스리랑카에 돌아가 있었다

그가 부자가 되려면
그를 부자로 인정할 사람들이 있어야 한다
그의 물질과 그들의 물질은 하나

내가 목숨을 부지하려면
저들이 일용할 양식을 팔아주어야 한다
내 양식과 그들의 양식은 하나

누군가 하늘의 별이 되려면
별을 보고 기억해 줄 사람들이 있어야 한다
그의 시간과 사람들의 시간은 하나

코로나라는 전염병에서
나나 다른 이들이나 죽음 앞에 평등했다
내 죽음과 그들의 죽음은 하나

결국,
나의 운명과 타인들의 운명은 하나

필로스

시편8편

여호와 우리 주

당신의 이름이 온땅 위에 얼마나 아름다운가

당신의 영광이 하늘을 덮는다

어린이와 젖먹이의 입으로 대적 앞에서 권능을 세우고

원수와 보복자를 조용히 만들려 한다

당신 손가락이 베푸신 하늘과 달과 별을 보니

사람이 무엇이기에 당신이 생각하고

사람이 무엇이기에 당신이 돌보는가

사람을 당신보다 조금 못하게 하고

영화와 존귀를 씌운다

당신의 손이 만드신 것을 다스리게 하고
만물을 그의 발 아래 둔다

여호와 우리 주
당신의 이름이 온땅 위에 얼마나 아름다운가

.

(시편8편의 어미들을 조금 바꾸어 보았습니다.)

필로스

I go to Santa Vegas(산타베가스에 가다)

Who is man?

What is woman?

I wanted to see the start of heaven.

I wanted to go to Santa Vegas,

Because that's the end of the world.

Somebody said

"1 billion box is the mark of the upper class"

What is the ten billions?

I wanted to think of that

"There may be a slave of money at the top of Las Vegas"

But it's not true

우리나라

남편은 술에 가고
아내는 애낳고 돈 벌다 가고

형님은 도박하다 가고
여동생는 탤런트교로 들어가고

딸은 신흥 종교에 들어가고
아들은 자살로 가고

　　　　　　　　　　　　　　　　　　필로스

유고슬라비아

발칸이 평화를 맞기까지 얼마나 많은 목숨이 사라졌을까?

세탁이라는 말이 살인을 묘사하는 단어로 쓰였던 곳
결코 굴복시킬 수 없었던 곤조들의 집합소

합스부르크의 압제와 남슬라브의 자존이 교차하고
알라와 하나님의 교회가 공존하며
투르크의 갈색 피부와 슬라브, 게르만의 흰색 피부가 서로 섞
여 사는 곳
거기다가 매서운 예언자들의 피가 흘렀던 곳

거기에 병원과 교회도 총탄으로 유린당한
곳곳에 총알 맞은 오토체가 있었다
카메라의 조준과 총의 조준이 헷갈릴 만큼
내 친구들의 겁먹은 눈동자, 잊을 수 없다

십자가의 길과 꽃길은 다른 길이 아니다
자유를 쟁취한 오욕의 상처가
크로아티아인의 상처투성이 가슴팍이
내게 자존에 대해 이야기한다

유럽의 역린이 이제야 휴식한다
죽은 사람들을 알지도 못한다는 듯이…

유럽의 역사

자유, 자유, 자유

네덜란드와 벨기에가 나눠진 것 또한 자유
그 또한 자유를 위한 것

나라를 위해 인간을 죽이고
민족을 위해 나라를 죽이고

그들이 꿈꾸었던 것은 영원의 나라
성당들은 그것에의 희망

영웅들이 떠난 곳에
지키고 선 것은 영원에의 그림자
광장마다 세워진 동상과 기념비들

종교마저도

그들의 로망을 막을 수 없었다

전쟁과 평화

그것은 끊임없이 반복되며 서로 공존하는 것

이국의 소녀

방콕을 떠나간다

어젯밤에 나는 4시간 너와 얘기했다

너는 내게 몸을 기울였고
나는 너의 따뜻한 다리가 좋았다

덧없이 살아가는 나의 마지막 누이여

오,
너의 푸근함을 나는 사랑한다

너의 풀린 두 눈이
제발 나에 대한 증오가 아니기를

타이파이

너는 또 다른 무엇이 되어 있을까?

불행한 소녀여

자이니치를 만나다

일본 간사이 여행에서
만난 그 아저씨

또 부산항에서
나에게 장황하게 설명하던 또 다른 아저씨

선이 굵고 따뜻했다
고통도 원망도 이제 와서 흩어졌을까

자이니치
두 나라의 연결고리

쫓겨나거나 아니면 스스로 떠나거나

보금자리를 떠나는 것이 언제나 일의 시작이었다

아담과 하와가 에덴에서 쫓겨나 문명이 시작되었고
아브라함이 우르를 떠나 믿음의 역사가 시작되었다

동족에게 쫓긴 사람들은 새로운 개척지에서
그 시작이란 것을 할 수밖에 없었다

쫓겨나거나 아니면 스스로 떠나거나...

필로스

칭기즈칸의 후예들

영하 40도와 평균수명 60대의 나라

러시아, 중국, 일본, 한국....
고원에서 그들이 몰락한 이래로
많이도 넘봤다, 그들을...

이 추위 속 그들의 개들은 순하디 순하다
야심가 칭기즈칸은 울란바토르에 있지 않다

성황당과 무당의 고향이여,
고구려의 전신이여,
마지막 남은 황인종의 고향이여....

캄푸치아

시골에 공항을 짓는
그 옛날의 곤조와 위대함을 가지고도

이제는 국민들이 오토바이 살 돈도 없는 나라

인도차이나의 어머니이며

끔찍한 살육자의 땅

코란과 초승달

두실역 이슬람 사원의 그 유순한 남자
그의 모습이 나에게 많은 것을 말하고 있었다.

순한 양들이지만
어두운 밤에는 싸우는 전갈들

그가 저줄 때는 딱 한 가지
져 주는 게 이기는 것일 때

땅에 평화가 임하길 바라나
그것은 알라 안의 평화여야 한다.

베두인 아브라함의 아들들이여
모든 것은 알라의 뜻이니
그곳에서 알라의 뜻이 임하시리라

언덕 위에서

주홍빛으로 물들어가는 초승달

달들

콜로세움

한때는 사탄의 왕관이었던 곳

하지만 지금은 그곳에서
아무도 신을 모독하지 않으며
아무도 피를 원치 않는다

지금은 아무도
그곳에서 사투를 벌이지 않는다

폐허로 변하기 전, 그곳의 희생자들이
오히려 이 커다란 건물보다
세상을 많이도 바꾸었다

(콜로세움을 묵상하며 지은 시. 바울은 콜로세움을 '사탄의 왕관'이라고 묘사했다)

3부

기억할 이들

부활천사

필로스

부활천사2

4대 성인(聖人)

아무것도 보이지 않는 밤하늘

밤하늘의 별들은
우리의 위치와 방향을 알려준다

오직 큰 별 4개가 비추어
우리는 방향을 찾을 수 있다

그들의 모임

낙타와 펭귄

낙타는 그가 이동한 거리가 백 미터 남짓인 줄 알았다
사실 그가 이동한 거리는 1천 킬로미터

낙타는 자신이 이동한 거리가
잠시 동안이나마 여행을 한 거리였음을 꿈에도 몰랐다
또한 어떤 추운 날씨 속에서는
자신도 견디지 못할 것임을 알지 못하였다

펭귄의 그 눈빛을 낙타는 경멸했다

하지만 그가 사막을 웃는 얼굴로 횡단할 때
반대편 지구에서는 눈을 있는 대로 찌푸린 펭귄이
영하 40도에서 버티고 있음을
낙타는 꿈에도 몰랐다

(서로 다른 인간형을 노래-낙타는 내가 존경하는 남자다운 사람,
펭귄은 불우한 환경에서 버티는 사람)

니므롯

주가 인정하신 사냥꾼
구스의 아들

위대한 도시가 그에게서 나오고
강한 용사들이 그의 품에서 나온다

그가 벌판에 있을 때
아무도 입을 떼지 못한다

홍수전 하늘

세상의 끝

마이클잭슨

내가 누구인지는 이미 잊었다
열정이 내 말초에서 탄다

번개보다 빠른 몸짓
죽음 같은 춤

땅에서 가장 빠른 자이며
결코 붙잡을 수 없는 날랜 짐승

문정권

노력과 과정에 상관없이
가능한 한 인간은 공평하게 대우받아야 하노라

확실하고 빠른 행보로
있는 자들이 다치는 것쯤은 개의치 않겠노라

사회주의의 인간 진보로 우리는 나아가노라

베냐민

욕망의 화신인 듯 보이나
주를 잊은 적은 없다

사튀르대장 실레노스의 다른 이름

칼을 빼는 데에는
유다의 사자들도
함부로 하지 못하리

찬양대의 맨 앞자리
찬양을 부르며 군대의 맨 앞에 서다

야곱의 막내아들
베노니에서 다시 사는 미가엘, 베냐민

삼손

절대 지지 않으려는 사람

미가엘에 점지된 유일한 사람

나지르로 태어나 술과 여자를 즐겼던 사람

사람을 죽이고도 태연히 잔칫집에서 놀았던 사람

한 시간 동안 기둥을 뽑아 산으로 옮길 수 있었던 사람

사자의 입을 찢고 여우들로 밭을 불태우고는 그 재미로 낄낄대던 사람

그리고 눈을 뽑힌 채, 다곤의 심장부 기둥을 밀어, 살았을 때 죽인 이들보다 더 많이 죽였던 사람

"누가 나와 같은가?"

범죄자이거나 구원자, 아니면 둘 다

삼손과 나귀턱뼈

삼손

필로스

삼손

수봉 식당

그녀를 기억하는 많은 이들이 있다

대통령의 서거에서 자기 자리는 없었지만
고통을 받은 것도 자기 뜻은 아니었지만

울지도 않고 노래 불렀다

30년이 흘러도 그녀는 여대생

30년 전 불렀던 노래가 낡게 들려올지라도
그녀의 노래는 아직도 울려퍼진다

오래된 디바
황군 장교의 게이샤

그녀를 기억하는 많은 이들이 있고
여전히 그녀는 무대 위의 빛나는 디바

달과 해

순수한 그대에게

울지 못하는 새여!
너는 왜 나이팅게일인가?

가슴에 붉은 털 한 점,
너는 그토록 순진한 짐승이었을까?

오, 열사 아래
한 마리 외로운 낙타여!

물냄새를 맡기 위해
너는 몇 만리를 걸었던가?

그대
내 가슴의 작은 향기이어라

150 데시벨로

내 영혼을 울리는 음악이어라

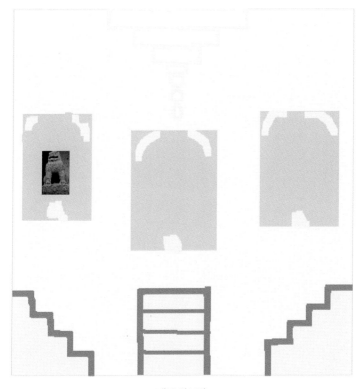

내부 다보탑

아말렉

그날은 모세 항복의 날

벌판에선 백기가 펄럭이고

"주께서 모세와 함께 계신다
모세의 자리를 만들자"
그들이 손을 올렸네
해가 떨어지기까지

그가 손을 올렸을 때
벌판에서 뒹구는 수없는 핏덩이 위에
싸우는 군왕 수만

(출애굽 후, 처음 전투인 아말렉과의 전투를 묵상 - 출애굽기 17:8~)

필로스

아벨의 변론

나는 허무하게 살해당했다

예수는 양과 같은 그의 제자들을
세상의 생리와 자신의 욕망을 잘 아는
늑대같은 무리에게 보냈다

나의 사람들은
살든지 죽든지
의인으로 하늘에서 빛난다

아벨의 별
본회퍼의 별
손양원의 별
주기철의 별

또 다른 자가 길을 찾기 위하여...

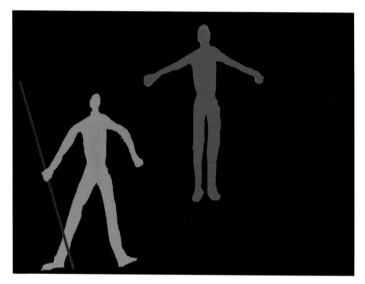

예수아와 나

필로스

양반 제도

삭막함과 너절함
그 속에서 벌어지는 시뻘건 진실

추구하는 가치의
만질 수 없는 숭고함이여

그럼에도
쓸모없는 약의 효용성이여

우리를 좋은 쪽으로든 나쁜 쪽으로든
묶어왔던

아주 오래도록
변하지 않았던 전통

연아 햅틱

너는 Queen은 아니다
그렇게 부르기엔 어설픈 너의 나이

My princess
허나 그렇게 부르기엔 너무 멀구나

올림픽을 위해 뛰던 너의 그 프레젠테이션은 완벽했다

분명 너는 외로울 것이 분명했지만
마치 지금까지 했던 운동처럼 익숙한 너의 앵글은
실망시키기에 너무 짧았다

노래 '러버스 콘체르토'와 같이
너는 잔치를 벌이는 예쁜 여자

와일드 캠핑

살아남는다
과거이지만 또한 미래의 것들이 공존하며

원시인이지만 또한 우주공간의 개척자라고나 할까?

가장 인간을 위하면서
또 가장 효율적이어야 하는 것

경의를 표한다
그대의 Volunteer 정신에

(유튜버 박은하에게)

여자남자

우리가 바라는 것들

명예란 공중의 노예가 되는 것
명성은 그를 세상의 망루에 서게 한다

재물이란 자유롭게 하는 것
많이 얻을수록 인간은 자유롭게 된다

사랑의 끝은 하나가 되는 것
세계는 갈라지지만 마음은 하나가 된다

그것이
돈, 명예, 사랑의 의미

우리의 희망사항

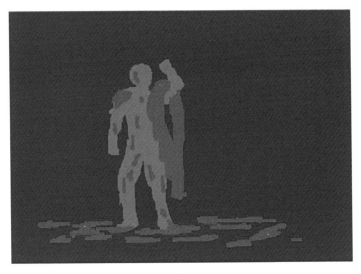

돈

필로스

은반의 여왕

너는 무장을 풀고 달리는 마라토너는 아니다
또는 물살을 가르며 숨을 참는 챔피언도 아니다

그러나 너는 피어나기 힘든 은반 위의 한 마리 은빛 장미

너의 그 훈련은 차마 볼 수 없었지만
그 위에 굳게 선 너의 트리플 러츠는 감동적이었다

모두는 너를 기뻐했고
아름다운 너의 자리는 항상 가장 위에 있었다

마치 잘빠진 한 마리 제비와 같이
너의 은빛 질주는 샤프하다 못해 날카로웠다

이육사 시에 대한 연작1 – 절정 II

우리 외엔 아무도 없는 청색바다
육지가 보일 때까지 노를 저었다

바다가 멈춘 곳, 마침내 당도한 땅
바람의 신이 우리를 도왔다

마침내 땅끝에 당도하다

절정

이육사 시에 대한 연작2 - 청포도Ⅱ - 딸에게

내 고향은 독한 아카시아 향기 속에 있었다
봄이 되면 동네 누나들 가슴은 두근두근댔었다

가을엔, 아직까지 살아남은 귀뚜라미가
풀숲에서 울어대고 있었다

겨울엔 또 왜 그렇게 추웠던지...
항상 학년이 바뀔 땐 힘이 들었다

때론 내 하는 짓을 몰라 남 가슴 아프게도 했다
가슴 아프게 한 꼭같은 그것이
다시 내 가슴을 아프게 했다

딸아,
너는 사랑하며

사람들을 품고 살아라

그들이 너를 사랑하리라

집

아늑하고 아픈 공간
나를 기다리는 안식처
그 안에 나와 아내, 딸이 있다

이제는 싸움을 끝내고
서로 행복하기만을 바라며
오늘도 살아낸다

우리가 행복한 것은
평수 큰 아파트보다도
우리 안에
화목이라는 컨텐츠가 있기 때문이다

사랑하는 두 female이 나를 기다리는 곳
그곳이 나의 안식처

(나는 딸이 하나 있다)

칼라스

자신감의 화신

무대의 디바

행복하지 않았던 여자

캡틴 코르넬리우스

캡틴 코르넬리우스
그는 100명의 사나이

대대장을 달고 베드로에게 귀의한 믿음의 남자

로마가 그를 키웠지만
그의 믿음은 로마가 감당치 못한다

그의 믿음이 로마교회를 만들다
그리고 물꼬를 유럽으로 돌리다

캡틴 코르넬리우스
그는 100명의 사나이

바다